Corinna Franke

Zukunft.
Die Schmetterlinge der Zukunft

Corinna Franke

Zukunft.
Die Schmetterlinge der Zukunft

(mit Aquarellen der Autorin)

© 2022 Corinna Franke
Herstellung und Verlag:
BoD – Books on Demand,
Norderstedt
ISBN: 978-3-7562-7380-5

Teil 1

I.

T. Joga ist mein Chef
und damit verbotenes Terrain.
Er ist verheiratet,
ich bin liiert.
Ich, wir fühlen uns zueinander
hingezogen.
T. ist groß und schlank.
Genau mein Typ.

Er kommt mir auf seine Weise
nahe.
Schmetterlinge im Bauch.
Wir würden uns gerne berühren,
in den Arm nehmen,
aber – noch – sind wir, ich
vernünftig.

Ich gehe weg und ich weiß,
es wird dazu kommen.
Ich werde mich hinterher
schlecht fühlen,
Angst, Unbehagen
und trotzdem weiß ich jetzt schon,
dass es passieren wird.

T. erinnert mich an Vik-Vik, nur
dass Joga 25 Jahre jünger ist.

Mit Vik-Vik habe ich getanzt
und wir haben uns geküsst.
Und es war o.k.
Wir beide waren frei.

II.

T. Joga führt mich an sichtbaren
Fäden. Wenn wir fertig mit
Arbeiten sind, legt er mich in eine
Kiste, ausgeschlagen mit weißem
Samt, so als wäre ich seine Braut.

Ist T. weg, stehe ich auf und gehe
auch weg.
Zu Pepe, meinem Freund
und mit ihm, wer weiß wohin.

Pepe ahnt nichts von meinen
Schmetterlingen für meinen Chef.

Darf er auch nicht, denn dann
wäre ich bald tot.
Pepe ist Torero, ich seine Carmen.

Vik-Vik und ich, das ist lange her,
wir tanzten gerne Wiener Walzer
zu einem Stück von
Schostakowitsch.

Ansonsten tanzten wir eine Art
Fox, verbunden nur durch einen
Arm, die Münder aufeinander.

Er reichte mir Wasser, Wein,
Schnaps.

Anschließend ging ich wieder zu
meiner Dose.

III.

In meinen früheren Jahren, als ich
noch nicht sprechen und sitzen
konnte, lieh mir mein Lehrer seine
Stimme und seinen Arm zum
Anlehen.

IV.

Meine Mutter ist die Sonne,
ich bin nichts anderes
als ihre Strahlen.

Sie sagte schon früh zu mir:
Hüte Dich vor Männern.

Ich dachte:
Aber sie – die Männer –
sind das Salz im Meerwasser.

V.

Ich ließ mich weiter von meinem
Chef führen, spielte mit ihm auf
den Bühnen des Lebens.

Die Fäden, die das Publikum nicht
– oder kaum – sah, aber ahnte,
hatte er, Joga, fest in der Hand.
Und doch, wie geschickt er mit mir
umging.

Kein Wunder, dass er mich zu sich hinzog.

Wir arbeiteten schon lange miteinander; ich chic in meinem roten Flamenco-Kleidchen, mit einer roten Blume im Haar, in dem sich oft die Fäden verfingen.

Der Umgang mit mir war also nicht so leicht, aber ich war es T. wert.

Auch er lieh mir seine Stimme und verlieh meinen Bewegungen Anmut.

Seine Stoffhose mit der schwarzen Gürtelschnalle erregte meine Fantasie,

seine schwarze Brille regte meinen Geist an.

VI.

Kaum hatte er mich aus der Kiste
geholt, zappelte ich herum, bis er
mich wieder fest im Griff hatte.

Kaum hatte er mich zurückgelegt,
rannte ich zu Pepe, um mich
abzureagieren, die Schmetterlinge
zu beruhigen.

Wie lange würde ich es noch
aushalten, vernünftig sein?
Wie lange würde mein Chef T. sich
noch zurückhalten?

Die Zukunft lag wie in einer
Dämmerung, kurz bevor die
Sonnenstrahlen verdunkelten.

VII.

Auch meine Schwester arbeitete mit Joga, nur dass sie sich als Schäferin ausgab.

Auch sie war von unserem Chef angetan und hatte, mutig wie sie ist, ab und an eine Stunde mit ihm verbracht.

Sie war einsam und wünschte sich schon seit langem einen „Sepp". Sie war immer nur von Schafen umgeben, gemalt auf ihr grünes Kissen in der Kiste.

Glocken bimmelten für sie beim Einschlafen.

Auch meine Schwester hat Vik-Vik einmal beim Tanz getroffen, aber sie hatten nicht zusammen getanzt, sondern jeder für sich im Kreis gedreht, bis die Glocken verstummten, die Melodie erstarb.

VIII.

Mein Chef Joga sagte, was ich tat,
sagte, was ich sagte.

Ich wusste, wenn ich ihm einmal
privat begegnete, würde etwas
passieren.

Ich hatte Angst davor,
sehnte es aber herbei.

Würde er mich ganz nah zu sich
ziehen, mich fühlen lassen, mich
küssen wollen?

Die Schmetterlinge tobten in meinem Bauch, wenn ich daran dachte.

Könnten sie – die Schmetterlinge – sich befreien? Durch meinen Mund? Oder eine andere Öffnung?

Würden meine Schmetterlinge sich mit seinen vereinigen? Oder würden sie soweit aufeinander knallen, dass sie starben?

Vielleicht würde er mir die rote
Blume aus dem Haar nehmen und
mit ihr meinen Mund
verschließen,
nachdem wir uns satt geküsst
hatten,
damit ich wie immer schwiege.

IX.

Wir ergänzten uns gut. T. Joga
hatte den Leib eines
Schmetterlings,
meine Seele war beflügelt.

Vik-Vik glich mehr einer Libelle,
manchmal beim Tanzen spürte ich
seinen Stachel.

X.

Mein früherer Lehrer hatte mir
Jahrelang den Mund bewegt, mich
auf dem Arm getragen, mich
lebendig gemacht, ohne an
irgendwelchen Fäden zu ziehen.

Meine Schwester, die Schäferin –
hatte in ihrer Kindheit eine
Lehrerin aus Frankfurt.

Diese ließ meine Schwester vor
dem Einschlafen ihre Tiere zählen.

Der Vater meiner Schwester war
der Mond, genauer gesagt, der
Schafsmond.

Seine Kinder waren wie die
Flötenklänge.

XI.

Sollte ich mich irren und mein
Chef erwiderte meine Gefühle
nicht, so hoffte ich, ihn mit
verbotenen Küssen zu
überzeugen, bei denen meine
Schmetterlinge in seinen Bauch
gelangten.

Wenn Vik-Vik und ich tanzen wollten, musste man vorher an einem Fädchen ziehen.

Teil 2

Da wir schon lange miteinander arbeiteten, traten bei mir erste Mängel auf.

Mir fielen einzelne Haare aus, mein schönes Flamenco-Kleid franste aus und die Fäden rissen ab und an, und mein Chef musste diese verknoten.

Es kam auch immer häufiger und heftiger vor, dass sich die altersschwachen Fäden ineinander verhedderten.

Eines Tages bekam Joga die Fäden
nicht mehr auseinander und
schnitt sie kurzer Hand ab.
Alle.
Das war das Ende.

Joga legte mich in meine Kiste, gab
mir einen Kuss und rührte mich
nicht mehr an.

Nacht für Nacht stolperte ich zu
Pele, aber der wollte auch nichts
mehr von mir wissen, denn er
hatte inzwischen mitbekommen,
dass ich ihn gedanklich - oder wie
auch immer - betrog.

Tatsächlich hatte T., mein Chef,
mich nur ein paar Mal auf den
Schoß genommen, um die Fäden
zu entwirren und neu zu
verknoten.

Die Schmetterlinge in meinem
Bauch waren zu Wespen
geworden, die mich piekten.

Teil 3

I.

Ich hatte Pepe belogen.

Natürlich hatten T. und ich eine
kleine Affäre gehabt, bis er diese
mit besagtem Cut beendete.

Nun war ich auf der Suche.

Ich fand meinen Meister bzw.
mein Meister fand mich.

Ich hatte inzwischen gelernt,
alleine und würdevoll zu gehen.
Ich hatte mein Kleid gekürzt und
die Fäden Reste abgeschnitten, so
dass nichts mehr an mein
vorheriges Leben erinnerte.

Ein einzelner Schmetterling hatte
in meinem Bauch überlebt und
hoffte auf Zuwachs.

Ich wartete auf meinen Meister.

II.

Ich fand ihn in Stir, meinem
Seelenverwandten.

Besser gesagt, er fand mich:
Er kam zufällig an meiner Kiste
vorbei und war neugierig
geworden.

Der Schmetterling in meinem
Bauch interessierte ihn als
Wissenschaftler.

Er küsste mich und übernahm den Schmetterling zu wissenschaftlichen Zwecken.

Nun war ich wieder leer, mit ein paar abgestorbenen Wespen im Bauch, die ich Stir auch gerne überließ

Wieso er mein Meister war bzw.
wurde?

Stir wusste alles.
Alles, alles.

Aber er konnte nicht wie Vik-Vik
tanzen.
Er hatte zwar Töne, aber keine
Musik in sich.

So blieb mir wenigstens ein
Bereich vorbehalten.

II.

Stir zog mich an
und kämmte mir die Haare

Er sprach, wie ich, nicht viel, aber
wenn,
dann hatte er etwas zu sagen.

Stir fragte mich, ob ich bereit sei, mit ihm an der Zukunft der Schmetterlinge bzw. an den Schmetterlingen der Zukunft zu arbeiten.

Ich war froh, wieder gebraucht zu werden, und er pflanzte mir eine paar Schmetterlings-Eier in den Bauch, sowohl echte als auch gefühlte, denn er konnte toll küssen.

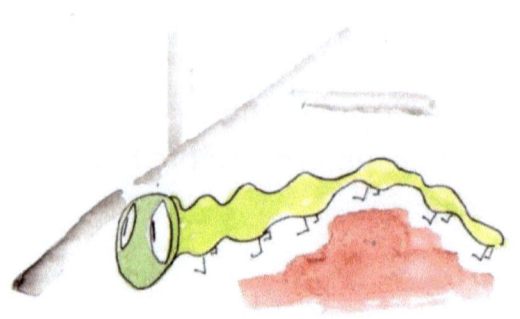

III.

Die ersten Raupen verpuppten
sich,
und dann schlüpften sie in
meinem Bauch.

Sie waren so wendig, dass sie
selbst in die Arme und Beine
und sogar in den Kopf flogen.

Es war ein verwirrendes, aber
herrliches Gefühl.

Als die ersten Schmetterlinge der Zukunft an die Luft kamen, sahen wir ihre wunderschönen Farben und Muster.

Die Männchen waren zwar nur blau, grau, weiß oder schwarz, aber die Weibchen strahlten lila, gelb, rosa, violett und grün, mit Mustern wie Blüten.

Sie waren sehr robust und langlebig für Schmetterlinge
und
sie dufteten!

Inzwischen hatten Stir und ich
eine Ebene gefunden, auf der wir
uns lieben konnten.

IV.

Da die gezüchteten
Schmetterlinge keine natürlichen
Feinde im Labor hatten, wurden
sie mit der Zeit immer größer.

Auch ich erwuchs in der Zeit zu
normaler Größe.

Als sie die Größe von Kleinkindern hatten, mietete Pfauenauge, so nannte ich zärtlich meinen Meister, eine alte Flugzeughalle an, damit die Schmetterlinge Platz zum Fliegen hatten.

Pfauenauge wurde dann
irgendwie immer seltsamer.

Er versuchte auf den
Schmetterlingen zu reiten
und ernährte sich nur noch von
den Flügeln missgebildeter Flügler.

Er wurde immer dünner und nahm sowohl körperlich als auch geistig ab.

Bei seinem Versuch, Schmetterlinge mit Pflanzen zu kreuzen, wurde er dann ganz verrückt.

Bei einem weiteren Flugversuch
auf einem großen Schmetterling
gelang es ihm, ein wenig vom
Boden abzuheben.

Doch er hatte nicht mit der
Wendigkeit dieser Tiere
gerechnet:
Er fiel herunter und
brach sich das Genick.

Entsetzt schleppte ich ihn ins
Freie.

Ich wollte ihm seinen letzten
Wunsch erfüllen, wie ein
Schmetterling zu fliegen.

Ich band an jeden Schmetterling in
der Halle eine Schnur und führte
sie einzeln nach draußen.

Ich küsste zum letzten Mal seine
bleichen Lippen, dann band ich die
Flügler an seinem Körper fest.

Sofort erhob sich Pfauenauge in
den Himmel, der sich kurzzeitig
verdunkelte.

Blitze zuckten, ein Dröhnen von
Flügelschlägen war zu hören.

Dann war der Schwarm
verschwunden.

<u>Teil 4</u>

Ich besuchte meine Schwester, die Schäferin, in dem Marionetten-Theater und nahm auch gleich die Spieldose mit dem tanzenden Pärchen, die ich dort aufbewahrt hatte, mit.

Meinem früheren, bauchredenden Lehrer schrieb ich einen Brief und berichtete kurz, was geschehen war.

Er legte mir nahe, doch meine Autobiographie zu schreiben.

Teil 5

I.

Danach wusste ich erst Mal nicht,
was ich machen sollte.

Ich fing an, Kunst zu studieren.
Ich wollte die wunderschönen
Schmetterlinge malen.

Mein Professor, ein bekannter
Maler, war überrascht und fragte
mich, wie ich auf die Idee kam.

Ich erzählte ihm diesen Teil
meines Lebens und wir kamen uns
näher.

Er war sehr groß, hatte trotz
seines fortgeschrittenen Alters
lange, schwarze Haare und trug
immer einen Hut.
Er hieß Fran.

II.

Nach 2 Jahren des intensiven Studiums und glücklichem Zusammenlebens mit Fran, meinem Altersgefährten, unterbreitete er mir ein tolles Angebot.

Ich muss vorausschicken, dass wir Studenten eine Ausstellung mit Bildern von Insekten gemacht hatten, die reges Interesse geweckt hatte.

Mein Professor hatte also das
Angebot bekommen, in einem
kleinen Dorf in Italien namens
„Lepidoptor" die Häuserwände zu
bemalen, und zwar mit –
Schmetterlingen.

Ob ich Lust hätte, mitzukommen.

Ich war begeistert.
Bald ging es los.

II.

Als wir ankamen zählten wir die
Häuser durch, die in Frage kamen.

25 Stück waren es.
Wir legten direkt los.

Die Dorfbewohner waren neugierige Beobachter und jedes fertigbemalte Haus wurde mit einem Glas Sekt gewürdigt.

Dann waren wir irgendwann
fertig.
Es sah toll aus, und ein Fest zu
unseren Ehren wurde gefeiert.

Fran und ich waren glücklich und
sollten es auch die restliche Zeit
unseres Lebens bleiben.

- Ende –